Provença, 101 - 08029 Barcelona
info@editorialjuventud.es
www.editorialjuventud.es

Primera edició, setembre del 2017

ISBN: 978-84-261-4445-4

DL B 13913-2017
Núm. d'edició d'E. J.: 13.479

Printed in Spain
Arts Gràfiques Grinver (Barcelona)

ABECEDARI AMAGAT

Imapla

Editorial EJ Joventut
Provença, 101 – 08029 Barcelona

ELS ASTRONAUTES VAN

A LA LLUNA AMB UNA **A**.

LA LLEBRE OBRE EL SEU PARAIGUA SOTA LA **B**.

ELS REIS DE L'ORIENT I LA **C** SEGUEIXEN L'ESTEL.

L'ANEGUET FA XIP-XAP A LA **D**.

L'ELENA ES POSA UNA FLOR A LA **E**.

LA PIRATA FILOMENA PUJA PER LA **F**.

DE LA CASA BLAVA A LA VERMELLA S'HI VA PER LA **G**.

HÈCTOR, L'EQUILIBRISTA, FA

ACROBÀCIES PER LA **H**.

LA LLUNA PLENA POSA EL PUNT SOBRE LA I.

UN BORINOT JUGA AMB LA **J**.

QUAN EL GALL OBRE LA **K** SURT EL SOL.

UN PEIX SALUDA LA **L**.

EL IETI S’AMAGA A LA **M**.

HI HA UN GEP A LA **N**.

L'HOME BALA SURT DISPARAT DE LA **O**.

UN PINGÜÍ SURT DE LA **P**.

UN EXTRATERRESTRE VIU A LA **Q**.

LA RITA ESPIA EL CEL DES DE LA **R**.

UNA AMBULÀNCIA VA A L'HOSPITAL PER LA **S**.

EL SOL S'ENFILA A LA **T**.

EL PALLASSO SOMRIU AMB LA **U**.

LA VESPA ESCOLTA PER LA **V**.

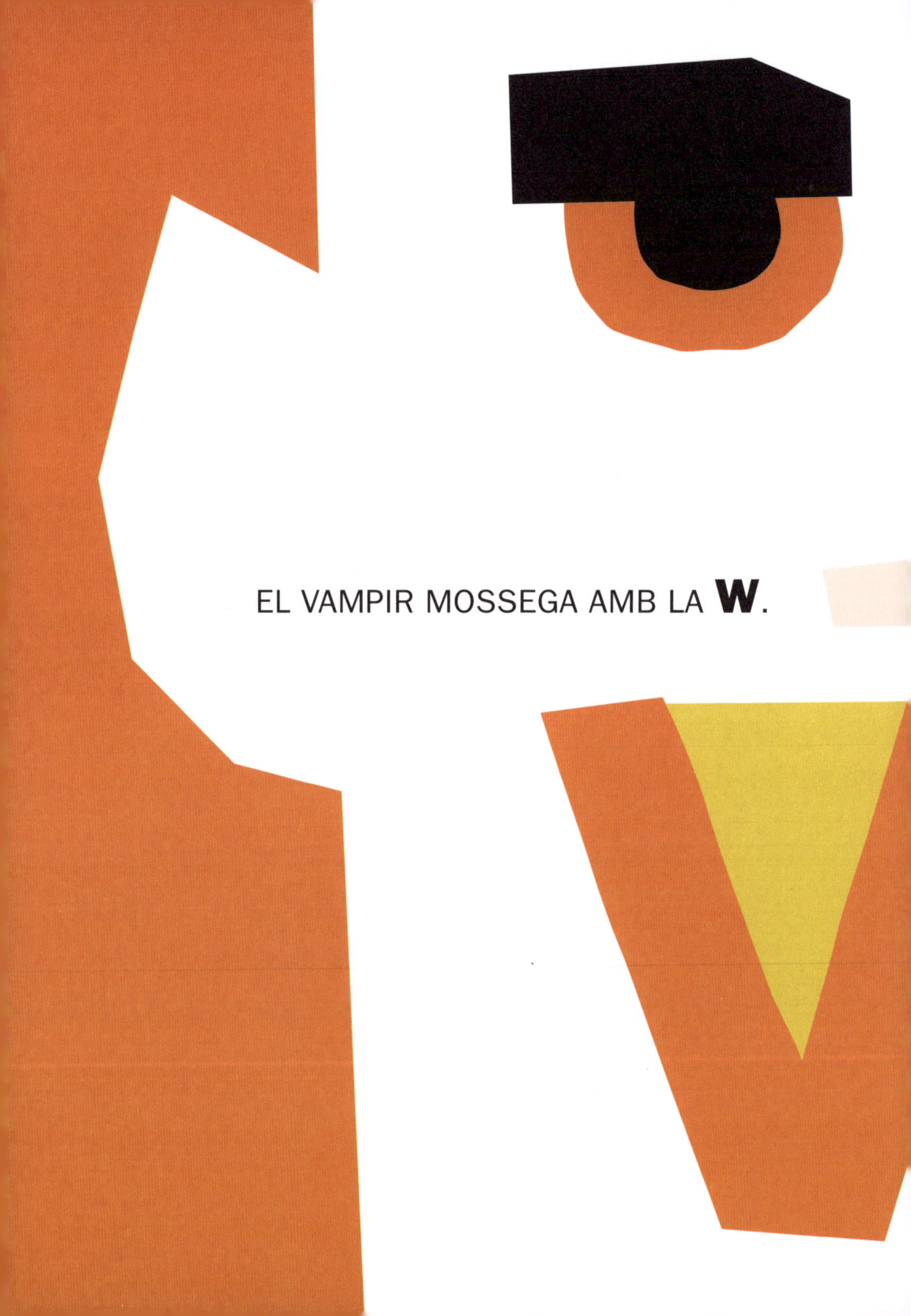

EL VAMPIR MOSSEGA AMB LA **W**.

HI HA COCOS A LA **X**.

UN MUSSOL ESTÀ AMAGAT A LA **Y**.

ZZZ

AQUEST ABECEDARI SE'N VA A DORMIR AMB LA **Z**.

Z Z

BONA NIT...

ABC
HIJK
NOP
TUV